Jahrbuch 2021
Zeilentango

Jahrbuch
2021

zeilentango

Eine zündende Idee —
Gedankenfieber.

Im Rhythmus des Tangos
bringst du deine Zeilen zu Papier.

Zeile für Zeile
entsteht deine Geschichte.

Zeilentango.

Sandra Kachlyr

Inhalt

Andrea Nussbaum

Des Managers neue Berater

Des Managers neue Berater

Ein modernes Märchen

Es war einmal ein Manager eines großen Konzerns. Nennen wir ihn x.

x. hatte eine schlaflose Nacht hinter sich, immer wieder musste er an das Leadership-Meeting mit dem gesamten Vorstand denken. Hatte ihn der CEO nicht eigenartig angesehen? War da etwas gegen ihn am Laufen? War er auf der Abschussliste? Und diese ständigen Komplimente, wie großartig er doch seine Mitarbeiter führe und die beeindruckenden Ergebniszahlen. Die Gedanken daran ließen ihn nicht zur Ruhe kommen. Voller Unruhe stand er schließlich auf, duschte, zog sich den dunklen Maßanzug, die Uniform der Manager, an und fuhr in die Firma.

Im Büro wartete bereits wie jeden Morgen seine Assistentin, die ihm als Erstes einen Espresso servierte. »Ich brauche Ihre Hilfe ... sofort«, wandte er sich an sie. »Lassen Sie alles liegen und stehen und kontaktieren Sie sofort die beiden Berater von Agile Management, die mich vor ein paar Tagen angeschrieben haben, und machen für heute einen Termin aus.« Seine Assistentin reagierte entsetzt: »Aber das geht nicht, Sie haben Meetings ... « Weiter kam sie nicht. »Alles verschieben, absagen, egal, ich brauche die beiden hier und jetzt«, antwortete er bestimmt. »Und bitte schließen Sie die Türe zu meinem Büro, ich muss mich vorbereiten.«

Wenige Stunden später führte x.s Assistentin die beiden Gäste ins Besprechungszimmer, ihr Chef kam nach und begann sofort, ungeduldig sein Anliegen vorzutragen: »Wir haben keine Zeit zu verlieren, wir müssen den Wandel einleiten, ich brauche ein perfekt zugeschnittenes Konzept, um uns neu aufzustellen, neu zu erfinden, wir brauchen Innovation, eine bessere Performance, die Digitalisierung überrollt uns, und wir schauen nur zu. Umsatz und Gewinn müssen gesteigert werden.« Die Gäste schauten sich an und lächelten. »Kein Problem – wir zeigen Ihnen wie Sie *key player* am Markt werden, wir bereiten Ihnen ein *Maximize Strategy Plus Paper* auf. Wenn Sie das Ihrem Vorstand präsentieren, wird er nur so staunen, denn wir denken *out of the box.* Wir sind die Besten, aber nicht nur das, wir arbeiten mit den Besten, der Harvard Business School, der London School of Economics oder der Wirtschaftsschule von Fontainebleau. Wir haben Zugriff auf Methoden, die keiner hat. Wie schnell soll es gehen?« x. zögerte keine Sekunde und antwortete: »So schnell wie möglich?« — »Das wird aber etwas kosten …«, bekam er zur Antwort. »Wenn es am Honorar scheitern sollte, ich kann Ihnen sofort 100k versprechen.« Diese Aussage gefiel den Beratern.

»Gut, für 100k sind wir dabei. Sie bekommen das perfekte *slide deck,* alles *high priority actionables,* die es in sich haben. Dieses *Paper* wird Ihre *visibility* im Unternehmen steigern, mit diesen neuen agilen Managementmethoden werden Sie *high level player.*« x. blickte die beiden zufrieden an, endlich jemand, der ihn verstand. Er war es leid, die üblichen Ausreden zu hören. Dieses ewige Gerede von das gelingt nie, dazu sind wir nicht gut aufgestellt, das bringt doch nichts. Diese Coaches würden ihn weiterbringen.

Einige Tage später hatte er das Papier am Tisch, er blätterte es durch und verstand kein Wort. Skepsis überkam ihn und beinahe wollte er schon sagen, dass er nicht ganz durchschaue, was ihm da geliefert wurde. Die beiden sahen seinen Zweifel und reagierten sofort. Mit überschwänglichen Worten erklärten sie ihm, dass er hier die neuesten Erkenntnisse der angesagtesten ökonomischen Institute in Händen halte, die *Case Studies* beinhalteten bisher unveröffentlichte Analysen. »Dieses *Paper* ist eigentlich unbezahlbar«. x. war noch immer nicht ganz überzeugt, aber schließlich hatten die beiden die besten Referenzen. Zufrieden ging er in sein Meeting mit dem CEO und legte seine PowerPoint-Folien vor. Am Ende der Präsentation wartete er auf eine Reaktion, aber die blieb aus. Der CEO blieb stumm, stand schließlich auf und ging aus dem Büro. Als er wiederkam, hatte er ein junges Mädchen vom Cateringservice dabei.

»Sehen Sie sich das einmal kurz an, was sagen Sie dazu«, sagte er zu ihr. Sie blätterte das Papier durch und fing an zu lachen: »Komplexe *Flow*-Methoden zur Ausgrenzung systemimmanenter Widerstände? *Benchmarking* zum *Change-Management* von *Key Value Pools?* Skalierbare *Case-Szenarios* als Multiplikator für zukünftige *deliverables? Holistic action items* zur Implementierung ergebnisorientierter *Interfaces.* Das ist doch aus dem Blabla-Generator.« Sie schreckte zusammen. »Oh, habe ich jetzt etwas Falsches gesagt?«

»Nein, Sie haben das gesagt, was ich mir gedacht habe«, antwortete der CEO und zu x. gewandt: »Sie haben doch hoffentlich für diesen Unsinn nichts bezahlt. Das ist doch nur ein riesengroßer Bluff, oder soll ich sagen Bullshit?« »Aber ...«, warf x. ein, kam jedoch nicht weiter, weil er es selbst nicht erklären konnte, was der Inhalt dieser Seiten war. Er ahnte auch die nächsten Worte, die der CEO ihm gleich ins Gesicht werfen würde: »Sie sind gekündigt!«

Andrea Nussbaum lebt in Wien. Während und nach ihrem Studium der Kommunikationswissenschaften hat sie an einigen Kulturinstitutionen, unter anderem auch in New York, gearbeitet. Ab 2000 folgten redaktionelle Tätigkeiten für Zeitschriften und Verlage.

2012 stieg sie in das sozusagen »klassische« Berufsleben einer Angestellten internationaler Konzerne ein. Von einem Großkonzern handelt auch ihre Kurzgeschichte *Des Managers neue Berater – Ein modernes Märchen.*

Birgit Mayer

Der Puppenspieler

Der Puppenspieler

Ich bin seine Puppe und er ist mein Puppenspieler.

Ein Puppenspieler leitet das Leben der Puppe, er leitet ihr Tun. Er führt seine Puppe, was er auch will, früher oder später wird sie es tun. Manchmal verhedderten sich ihre Seile, doch gerissen sind die Stricke nie. Er ärgert sich und zieht genau die richtigen Seile, damit sich der Knoten wieder löst. Zurück bleibt ein kleiner, unscheinbarer Knoten in einem der Seile. Fast nicht zu bemerken und unscheinbar ist der Knoten, doch das Seil wird kürzer, je mehr Knoten dazukommen. Je kürzer das Seil, desto schwieriger wird es, die Puppe zu steuern. Exakte Bewegungen werden zur Unmöglichkeit, abgehackt und unpräzise sind sie. Doch viele kleine Knoten werden zu einem Großen und dann muss man die Stricke durchschneiden, denn nichts funktioniert mehr. Wenn ein Puppenspieler seine Puppe nicht gut behandelt und nicht pflegt, dann wird es passieren, dass auf die Seile mit vielen kleinen Knoten zu viel Druck ausgeübt wird und dann reißen die Seile. Ritsch, ratsch und schon hängt die Puppe nicht mehr an allen Seilen. Die wenigen durchgerissenen Seile kann man nicht mehr schön ankleben. Einmal durchgerissen, wird es nie wieder dasselbe schöne und ästhetische Bild sein. Der Puppenspieler entscheidet sich dafür, seine Puppe wieder an ihre Seile zu hängen. Er weiß, dass es nicht mehr so ist wie zu Beginn, doch es ist ihm egal. Er könnte sich eine neue Puppe holen, aber das möchte er nicht. Nicht im Moment. Er will seine Puppe. Denn sie gehört ihm.

Hässlich und nicht sehr gut funktionierend, doch ist die Puppe scheinbar wieder heil. Der Puppenspieler kann wieder mit ihr spielen, doch niemand, der sich das Schauspiel ansieht, ist begeistert. Hässlich und schlaff hängt die Puppe in ihren Seilen. Die Bewegungen sind kantig und ungelenk, die Funktionalität stark beeinträchtigt. Die Puppe lässt sich nicht mehr kontrollieren. Es entstehen weitere Knoten, viele Knoten. Der Puppenspieler versucht, sie zu entfernen. Oberflächlich gelingt ihm das manchmal, doch die kleinen Knoten bleiben. Die Seile werden wieder kürzer und der Druck steigt. Die Knoten verflechten sich untereinander. Größere Knoten entstehen nun. Der Puppenspieler will seine Puppe nicht aufgeben, denn sie hat doch einst alles gemacht, was er wollte. Sie ist seine Puppe und niemand soll sie ihm wegnehmen. Doch einige Puppendoktoren erkennen die missliche Lage der Puppe. Die einst so farbenfrohe Puppe ist nun grau und ausgebleicht. Viele Kratzer und Knoten deuten auf ihren schlechten Zustand hin. Die Puppendoktoren entfernen daraufhin die Stricke. Die Puppe liegt nun zerbrechlich auf dem Boden. Ein Schatten der einst so schönen Figur. Die Kratzer und Klebestellen sind mit ein wenig Lack und Schleifpapier so gut wie unsichtbar. Doch die kleinen Splitter und Risse im Inneren der Puppe werden für immer bleiben. Der Puppenspieler muss sich nun eine neue Puppe suchen, mit viel Glück wird er diese besser behandeln als seine Letzte.

Ich war seine Puppe und er war mein Puppenspieler.

BIRGIT MAYER ist 2001 in Wien geboren. Seit ihrer Kindheit liest und schreibt sie gerne. Ihre bevorzugten Genres sind Thriller und Krimis sowie Dramen. Deren Düsterkeit umgibt oftmals auch ihre eigenen Geschichten. Seit Herbst 2016 besucht Birgit Mayer eine Höhere Technische Lehranstalt in Wien.

Geschichten schreiben bleibt ihr Hobby und so entsteht bald eine Erzählung über zwei Jugendliche und deren toxische Beziehung. Die auf wahren Begebenheiten basierende Erzählung und die damit verstrickten Gefühle sind der Ausgangspunkt für die Kurzgeschichte *Der Puppenspieler,* die beim Live-Voting die meisten Punkte des Publikums erhalten hat.

Charlotte S. Garraway

Russisch Roulette

Russisch Roulette

Es schwankt von Tag zu Tag. Manchmal kommt Lars gut aus dem Bett und füllt seinen Tag produktiv. An anderen ist die Bettdecke so schwer, dass die Kraft in seinen Armen nicht reicht, um sie zurückzuschlagen. Stundenlang bleibt er darunter liegen, unfähig, sich zu bewegen, und starrt an die Decke.

Es ist eben auch einfach egal.

Er ist nicht systemrelevant.

Der Betrieb ist zu.

Noch bekommt er genug Gehalt, niemand muss Kurzarbeit anmelden, er gehört zu den wenigen Glücklichen.

Angestellt beim Staat.

Manchmal ist Spießigkeit von Vorteil.

Was danach kommt, kann ohnehin niemand sagen.

An solchen Tagen weiß er dann einfach nicht, wozu er da aufstehen soll. Also bleibt er liegen, bis er doch irgendwann Hunger bekommt, oder er zumindest einen Kaffee trinkt. Wenn es gut läuft. Auch das ist variabel.

Er hält sich immer an die Regeln, seit seiner Kindheit hält er sich an alle Regeln, also tut er das auch jetzt.

Er hat seit Wochen niemanden mehr getroffen, er nähert sich niemandem, und wenn er einen fremden, geschlossenen Raum betreten muss, setzt er eine Schutzmaske auf. Es gibt nicht viele Menschen, mit denen er privat videocallen oder telefonieren oder Briefe austauschen könnte, auch hier: nicht systemrelevant.

Mit guten Bekannten hält man eben nicht unbedingt Kontakt, wenn es nicht sein muss.

Also vegetiert er so vor sich hin.

Wenn es nicht so gut läuft, bleibt Lars einfach komplett im Bett. Er dämmert vor sich hin und hofft auf gute Träume, die meistens ausbleiben. Er treibt von Bild zu Bild, ist immer mal wieder wach, aber schafft es nicht zu seinem Computer, um eine Netflixserie einzuschalten. Das Handy hat er irgendwo in der Wohnung liegen lassen.

Ein angenehmer Effekt der verlangsamten Welt.

Er muss nicht erreichbar sein.

Er ist nicht mehr Sklave seines Telefons und seines Arbeitgebers am anderen Ende der Leitung.

Heute ist ein mittelschlechter Tag.

Er hat es zur Kaffeemaschine geschafft, ist dann aber mit der Tasse auf dem Sofa hängen geblieben. Irgendwo im Hintergrund dudelt das Reality-TV, das er eigentlich belächelt, vor sich hin, die Welt draußen wird vom Vormittag zum Abend, ohne dass Lars sich rührt.

Und niemanden interessiert es.

Wäre alles normal, würde er jetzt in irgendeine Kneipe gehen. Ein Bier trinken, die Geschichten fremder Menschen hören, lachen, eine rauchen.

Er seufzt, die Blase drückt.

Er schlurft zum Klo.

Neben dem Waschbecken sieht er das Handy und greift mehr aus Reflex denn aus Bedürfnis danach. Während er mit der rechten Hand den Klodeckel aufklappt, aber die Brille aus Faulheit unten lässt und seine Hose auffummelt, scrollt seine Linke durch die Push-Mitteilungen und Mails, die sich angesammelt haben.

Nichts Bewegendes, eine SMS seiner Mutter, die jetzt zu Hause Sport treibt, zahlreiche Fotos seines Cousins beim Kochen extravaganter Gerichte, die Bitte seiner Bankberaterin, sich doch mal wegen des Depots bei ihr zu melden.

Als das Handy plötzlich klingelt, nimmt er ab.

Auch aus Reflex.

»Jens?« Die Stimme eines Mannes. Rau, angeraucht. Sie erinnert Lars an seine kindliche Vorstellung des Weihnachtsmannes. »Jens, hier ist der Opa.«

»Hier spricht nicht Jens, tut mir leid«, sagt Lars. Er unterdrückt den Wunsch, die Spülung zu betätigen und geht mit dem Handy am Ohr zurück ins Wohnzimmer.

Draußen kippt der Abend in die Nacht.

»Da habe ich mich wohl verwählt«, sagt der Weihnachtsmann.

»Das kommt vor.«

»Ich habe einfach die Nummer eingetippt, die ich im Kopf hatte.«

»Zahlendreher, das passiert.«

»Entschuldigen Sie, bitte.«

»Nichts für ungut.«

Der Weihnachtsmann räuspert sich. »Also dann.«

»Warten Sie mal!«

Aufgelegt.

Lars hätte gerne die Geschichte des Weihnachtsmannes gehört. Vielleicht hätte er sich als Jens ausgeben sollen, sich den Tag seines Opas erzählen lassen.

Einen Augenblick trauert er der verpassten Gelegenheit nach. Dann holt er sich aus dem Kühlschrank eine inzwischen schale Cola, das letzte, das irgendwie einem Bier nahekommt, und beginnt damit, Handynummern zu erfinden und in sein Telefon einzugeben.

Ihm fehlen die fremden Leben. Die neuen Stimmen.

Es wählt.

Klick.

»Hallo, wer spricht da?«

Lars atmet aus. »Erzählen Sie mir eine Geschichte?«

Aufgelegt.

Er wählt noch einmal neu.

Wieder und wieder.

Das Leben ist mit jedem Aufwachen zu einem täglichen Roulette-Spiel geworden. Also spielt Lars heute Chat-Roulette mit dem Telefon.

CHARLOTTE S. GARRAWAY kommt ursprünglich aus Hannover und lebt und studiert in Berlin. Sie ist eine Weltensammlerin und reist für ihr Leben gern. Der Blick über den Tellerrand ist ihr wichtig, offene Begegnungen und offene Gespräche verraten mehr über eine Person, betont sie. Wie sie selbst sagt, liebt sie die kleinen Dramen des Lebens. Und sie liebt es zu schreiben. Texte können trösten und Halt geben.

Charlotte S. Garraway hat bereits mehrere Bühnentexte verfasst und Theaterregie geführt. Mit ihrer Kurzgeschichte *Russisch Roulette* hat sie den zweiten Platz beim Schreibwettbewerb Zeilentango 2021 belegt.

Claudia Dvoracek-Iby

Die Suche

Die Suche

Spätabends, unerwartet ein Anruf. Die Stimme an deinem Ohr ist undeutlich, stockend, schleppend. Deine Tante. Offensichtlich betrunken. Du sollst zu ihr kommen, jetzt gleich, es sei dringend. Du machst dich sofort auf den Weg zu ihr. Deine Gründe: Pflichtbewusstsein. Sorge um sie. Vage Schuldgefühle.

Im Vorzimmer ihrer Wohnung stolperst du über eine leere Schnapsflasche, du hältst die Luft an, ungewollt fällt dein Blick auf Schmutz und Grau, dort, wo früher, viel früher, Hübsches und Buntes war.

Sie sitzt im stickigen Wohnzimmer auf dem Sofa, still, zusammengesunken. Du erschrickst, als du ihr fleckiges, eingefallenes Gesicht siehst, denkst, als du dich wortlos zu ihr beugst und sie umarmst, dass du noch heute Anna anrufen wirst, ihr sagen, dass sie sich gefälligst um ihre Mutter kümmern soll, obwohl du weißt, was Anna antworten wird: Ich bin machtlos. Sie will nicht auf Entzug, ich kann sie nicht zwingen. Es ist ihr Leben.

Du öffnest das Fenster sperrangelweit, siehst nun die dutzenden Fotos, die vor der Tante auf dem Tisch, zwischen Weinflaschen und Gläsern, die auf ihrem Schoß, neben ihr auf dem Sofa, unten auf dem schmierigen Teppich liegen. Die Tante ruft jetzt theatralisch:

»Hilf mir! Suchen! Ich suche ein Foto, auf dem ich ›Ich‹ bin! Aber ich finde keines! Kein einziges!«

Du setzt dich zu ihr, nimmst eines der Fotos, findest es beruhigend, etwas in Händen zu halten, etwas anzusehen.

Auf dem Bild eine Szene eines Familienfestes vor einigen Jahren, auch du befindest dich darauf, neben ihr. Du erinnerst dich. Sie war fröhlich, ausgelassen an dem Tag, die Tante.

»Also«, sagst du, »das bist eindeutig du.«

Sie schnaubt: »Geh, da war ich betrunken! Ich suche mich in echt! Nicht benebelt vom Alkohol.«

Sie lächelt, ein anderes Foto betrachtend. Bestürzend jung und schön ist sie darauf, strahlend, im Hintergrund das Meer.

»Oh ja, wie glücklich du da aussiehst und wie schön!«

Sie schüttelt ungeduldig den Kopf: »Da war ich verliebt, verblendet. Ich suche mich! Unverfälscht! Nicht beherrscht von einer Emotion. Ist das so schwer zu verstehen?!«

Du hältst ihr ein anderes Bild hin. Sie, eine junge Mutter, die kleine Anna auf dem Schoß.

Sie schlägt die Hände vors Gesicht: »Oh nein, meine Tranquilizer-Zeit. Wie ich mich schäme deswegen! Ich war absolut überfordert damals. Warst ja oft genug bei uns, hast ja gesehen, in welch furchtbarem Zustand ich war.«

Du schweigst. Du hast es nicht gesehen, hast schöne Erinnerungen an sie und Anna. Da war Lachen, Musik, Spaß, Herzlichkeit.

Ein anderes Foto: Anna bei ihrer Sponsion, deine Tante hinter ihr.

»Meine kluge Anna. Meine fremde Tochter«, schluchzt die Tante auf. »Sie verachtet mich, hat mich schon als Kind verachtet.«

Du widersprichst. Sie weint. Trinkt. Zeigt dann auf ein altes Klassenfoto. Eines der ernsten Kinder darauf ist sie.

»Wenn ich von der Schule nach Hause kam, war Oma da«, flüstert sie. »Selten Papa. Und nie Mama. Keine Mama. Ich habe sie vermisst. Immer. Schmerzlich vermisst. Aber mir wurde immer gesagt, man kann nicht jemanden vermissen, den man nicht kennt.«

Sie packt deinen Arm: »Du weißt ja, dass sie bei meiner Geburt gestorben ist. Meine ganze Kindheit lang habe ich mir die Schuld daran gegeben.«

Sie trinkt, schenkt Wein nach, trinkt.

»Wo bist du nur, wo hast du dich versteckt?«, lenkst du ab, wühlst in den Fotos. Sie lacht nun schallend.

»Ah, schau«, sagst du.

Die Tante an einer Staffelei, vertieft in ihre Arbeit, Ölspritzer auf der Kleidung. Erfolgreich ist sie gewesen, in ihren 30ern, 40ern, eine anerkannte Künstlerin.

»Ach, das Malen«, winkt sie ab. »Eine Verlagerung meiner inneren Bewusstlosigkeit nach außen.«

Sie wirft nun wütend Fotos, auf denen sie inmitten anderer Leute abgebildet ist, unter den Tisch.

Kreischt: »Alles Flucht, alles Schein! Das bin nicht ich!«

Kichert: »Ich kenne mich nicht. Ich vermisse mich.«

Lacht: »Kann man jemanden vermissen, den man nicht kennt?«

Sagt: »Eine Schande, so zu sterben.«

»Aber du stirbst doch nicht«, sagst du, fühlst dich elend, überfordert. »Und warum eigentlich dieses Suchen in der Vergangenheit? Was ist mit – jetzt?«

»Jetzt?!«

Sie steht auf, wankend, blitzt dich böse an.

Dann sanft: »Jetzt bin ich müde. Geh jetzt, Liebes, geh jetzt.«

Und du, hilflos, schon an der Tür: »Gerne lasse ich dich nicht allein.«

Noch im Stiegenhaus rufst du Anna an, die versichert,

morgen früh nach ihrer Mutter zu sehen. Du fährst nach Hause, deprimiert, mitten in der Nacht, ahnst nicht, dass du nur knapp elf Stunden später sagen wirst: »Ich hätte sie nicht allein lassen dürfen«, dass Anna antworten wird: »Mach dir jetzt ja keine Vorwürfe, niemand konnte ihr helfen«, ahnst nicht, wie oft, auch Jahre später, du das Foto ansehen wirst, das Schwarz-Weiß-Foto, welches die Tante, im Bett liegend, in ihrer Hand gehalten hat, als Anna sie leblos – laut Arzt: »Plötzlicher Herztod« – aufgefunden hat.

Auf dem Foto die Mutter der Tante, strahlend, hochschwanger, eine Hand beschützend auf dem Babybauch. Im Bauch die Tante. Auf die Foto-Rückseite hat die Tante geschrieben: »Gut versteckt, aber gefunden. ICH, unverfälscht.«

CLAUDIA DVORACEK-IBY ist 1968 in Eisenstadt geboren. Sie lebt in Wien, ist verheiratet und Mutter von Zwillingen. Bereits seit ihrer Kindheit ist sie eine unersättliche Leserin, und ebenfalls von klein auf ist das Schreiben ein unverzichtbarer, bereichernder Bestandteil ihres Lebens.

Seit 2012 beteiligt sie sich an verschiedensten Ausschreibungen und freut sich seither über zahlreiche Veröffentlichungen in Anthologien und Literaturzeitschriften. Mit dem dritten Platz für ihre Geschichte *Die Suche* beim Zeilentango 2021 ist ihr bereits zum zweiten Mal die Teilnahme an einem Finale gelungen.

HERBERT GLASER

Bester Freund

Bester Freund

Ich habe einen Freund.
Einen guten Freund.
Einen wahren Freund, um genau zu sein.
Jemanden, der immer für mich da ist.
Wer kann das schon von sich behaupten.
Wahre Freunde sind selten.
Wir lernen in unserem Leben viele Menschen kennen.
Pflegen freundschaftliche Beziehungen mit ihnen.
Und halten sie für wahre Freunde.
Bis etwas passiert, bei dem wir einen solchen Freund bräuchten.
Dann wird uns bewusst, dass wir uns getäuscht haben.
Wahre Freunde sind selten.
Ich habe einen.

Als Kind war ich ein Außenseiter.
Bis ich ihn kennenlernte.
Wir trafen uns häufig.
Er vermittelte mir das Gefühl von Geborgenheit.
Von Unbeugsamkeit und Männerfreiheit.
Ich war fünfzehn.
Pubertät im Endstadium.
Viele Bekanntschaften.
Nichts Ernstes.
Dann trat Maria in mein Leben.
Sie mochte ihn nicht besonders.

Er hätte einen schlechten Einfluss auf mich.
In ihrer Gegenwart fühlte sich seine Anwesenheit nicht richtig an.
Die Treffen mit ihm wurden seltener.
Dann wurde Maria schwanger.
Das entfremdete mich völlig von ihm.
So trennten sich unsere Wege.
Meine neue Familie beanspruchte mich voll und ganz.
Ich war glücklich.
Bis Probleme auftauchten.
Erst in Kleinigkeiten.
Dann grundsätzlicher Art.
Mein Freund kam mir wieder ins Gedächtnis.
Könnte er mir in dieser Situation helfen?
Mir gut zureden und mich beruhigen?
Meinen Blick auf das Wesentliche richten?
Oder mich einfach nur für kurze Zeit ablenken?
Ich widerstand dem Drang, ihn zu kontaktieren.
Wollte meine Ehe retten.
Die Familie nicht verlieren.
Aber es wurde schlimmer.
Maria verließ mich und nahm die Kinder mit.
Endgültig.
Ich verlor den Halt.
Zeit für einen wahren Freund.
Wir hatten lange keinen Kontakt.
Obwohl er immer erreichbar gewesen wäre.

Heute brauche ich ihn.
Wie nie zuvor.
Ich suche ihn auf.
Ohne den geringsten Vorwurf kommt er mit zu mir.

Glücklich betrachte ich ihn.
Er hat sich nicht verändert.
Bietet mir seine Hilfe an.
Selbstlos wie immer.
Die Eiswürfel klimpern.
Ich schenke ein.
Proste ihm zu.
Ein kurzes Zögern.
Dann führe ich das volle Glas an die Lippen.
Trinke ihn in einem Zug.
Und schließe die Augen.
Er tut mir gut.
Wie sehr habe ich ihn vermisst.
Ich bin nicht mehr allein.
Werde es nie mehr sein.
Wahre Freunde sind selten.
Ich habe einen.

Herbert Glaser, Jahrgang 1961, arbeitet als Sounddesigner bei einem großen Münchner Fernsehsender und legt dabei fehlende Töne für Spielfilme und Dokumentationen aller Art an. Mit seiner Frau lebt er nördlich von München. Sie freuen sich über drei erwachsene Kinder und drei Enkel.

Seine Schreibtätigkeit begann 2016 mit dem erfolgreichen Abschluss des einjährigen Online-Seminars »Kurzgeschichte schreiben«. 2019 erschien sein erster Roman »Neustart« und ein Jahr später die Anthologie »kurz und schmerzend« mit allen seinen Kurzgeschichten. Beim Schreibwettbewerb Zeilentango 2021 hat Herbert Glaser mit seiner Kurzgeschichte *Bester Freund* teilgenommen.

Ina Rieder

Nèa

Néa

1335 Tage vor dem Tag null – über den Zyklus, Eisprünge und neues Leben dachtest du vorher nie nach. Warum auch. Du lebtest dein Leben – mit ihm allein. Das genügte.

Eine Freundin versuchte, schwanger zu werden. Es funktionierte nicht.

»Die soll sich mal nicht so anstellen! Hat noch bei jeder irgendwann eingeschlagen!«, gabst du belächelnd von dir.

»Da muss man locker bleiben«, meintest du, »immerhin ist das ja wohl nicht das Wichtigste im Leben. Man kann doch auch ohne Kinder glücklich sein, vielleicht sogar glücklicher«, erklärtest du deinem langjährigen Freund. »Eines sag ich dir«, sprachst du besserwissend, »wenn wir einmal an diesen Punkt angelangen, renn ich sicher nicht alle zehn Minuten auf die Toilette und bekomme Depressionen, wenn ich rotsehe!«

1095 Tage vor dem Tag null – du heiratetest. Du sehntest dich nach einem Kind. Dein Mann brachte ein Buch mit dem Titel »Wie ein Kind entsteht« nach Hause. Du warst bereit, er auch.

525 Tage vor dem Tag null – eines Tages lagst du in der Badewanne. Das Wasser stand dir bis zum Hals, der Badeschaum kitzelte in der Nase. Du betetest, meditiertest, sprachst im Geiste mit irgendjemanden, einer höheren Macht vielleicht, Gott, dem Universum oder wem auch immer.

»Néa!«, tönte es aus deinem Herz.

Diesen Namen vernahmst du zum ersten Mal, fandest

heraus, dass dieser existierte. Die Bedeutung ließ dich erzittern, du bebtest innerlich.

350 Tage vor dem Tag null – du brütetest über Eisprünge nach, setztest dich mit deinem Zyklus auseinander und zerrtest deinen Mann bei jeder günstigen Gelegenheit ins Bett. Du liebtest ihn. Du turntest nachher, strecktest Becken und Beine in die Höhe. Du glaubtest, das könnte helfen. Du weintest, verzweifeltest, weil die rote Fee erneut zuschlug. Du begriffst nicht, warum das Schicksal grausam mit dir war. Alles drehte sich darum. Du fühltest dich leer, sinnbefreit. Du meistertest weitaus schwierigere Situationen. Wieso nicht auch das?

290 Tage vor dem Tag null – »Ich geh da nicht hin!«, verkündete er.

»Schatz!«, erwidertest du. »Du darfst dir einen Schmuddelfilm ansehen und wirst ein Happy End haben. Du musst keine Eileiterdurchlässigkeitsprüfung, keine Hormonspritzen, keine vaginalen Untersuchungen und keine Eizellenpunktion über dich ergehen lassen! Herrgott noch mal«, fluchtest du.

»Nur in das Becherlein ejakulieren! Bloß das. Es ist nicht meine Schuld, dass deine Schwimmer zu träge sind«, dachtest du insgeheim.

»Ich möchte nicht, dass irgendjemand erfährt, dass es an mir liegt!«, bekräftigte er. »Du darfst nicht darüber sprechen!«, verbot er dir.

258 Tage vor dem Tag null – Tag der Eizellenentnahme. Du spürtest jede Punktation. Du zucktest schmerzhaft zusammen. Kleine Nadelstiche, die in Mark und Bein übergingen.

»Es sind leider nur sieben!«, enttäuschte dich die Ärztin. Sie zog ein Gesicht, als wäre alles verloren.

»Sieben ist doch eine Zahl der Götter«, überlegtest du.

250 Tage vor dem Tag null – dritter Tag nach der künstlichen Befruchtung.

»Zwei der sieben befruchteten Eizellen haben sich weiterentwickelt.«

»Okay, das ist gut, oder?«, erkundigtest du dich.

»Mehr wären besser. Wir könnten dann für den nächsten Versuch gleich welche einfrieren«, meinte die Ärztin.

»Warum spricht sie jetzt schon von einer weiteren Handlung? Es wird klappen«, dachtest du.

247 Tage vor dem Tag null – Tag der Rückführung der befruchteten Eizellen in den Uterus. Du verharrtest mit deinem Mann vor einem Bildschirm. Betrachtetest die Keimzellen, die sich mehrmals geteilt hatten. Deine Kinder sahen wie kleine Maulbeeren aus.

»Wie viele dürfen wir einsetzen? Beide wären besser, sie erhöhen die Aussicht auf eine Schwangerschaft!«

»Ja, beide!«, meintest du.

Beim Anblick des neuen Lebens dehnte sich dein Herz.

Du lagst auf der Liege, die Beine gespreizt. Ein dünner Schlauch verband das Labor mit deinem Uterus. Er stand neben dir, hielt deine Hand.

Er streichelte liebevoll über deinen Kopf. Du blicktest gebannt auf den Bildschirm des Ultraschallgerätes, sahst das Ende des Schlauches.

»Sind Sie bereit für Nummer eins?«, ertönte es durch den Lautsprecher.

Du nicktest.

»Bereit!«, bestätigte die Ärztin. »Schauen Sie genau hin!«, forderte sie auf.

Du starrtest gebannt auf den Bildschirm. Die kleine Maulbeere purzelte aus dem Schläuchchen.

»Mein Kind!«, dachtest du.

Tränen schossen in deine Augen, benetzten deine Wangen. Es kribbelte im Bauch. Du spürtest hundert winzig kleine Bienchen darin vibrieren.

»Meine Néa!«, hallte es in deinem Kopf.

Du warst dir sicher, dass sich die Keimzelle einnisten würde.

Die zweite fiel unbemerkt hinein. Du sahst keine Bewegung. Dein Herz krampfte sich schmerzlich zusammen.

237 Tage vor dem Tag null – Tag des Schwangerschaftstests mittels Blutabnahme. Du saßt auf einer der Bänke im Wartezimmer. Du rutschtest hin und her, kautest auf den Nägeln, kralltest dich am Arm deines Mannes fest. Deine Gedanken kreisten. Die Türe öffnete sich. Die Ärztin stand im Türrahmen.

»Kommen Sie bitte! Setzen Sie sich!«

Du versuchtest, aus ihrem Gesicht zu lesen. Du probiertest, Zeichen zu deuten.

»Gratulation, die HCG-Werte sind sehr hoch!«

Du überlegtest, ob das hieße, dass es funktioniert hatte. Du schautest die Ärztin fragend an. »Sie dürfen sich freuen, Sie sind eindeutig schwanger!«

Du sahst deinen Mann an, fielst ihm weinend in die Arme. Glücksgefühle durchströmten deinen Körper.

»Es sieht gut aus, jetzt heißt es abwarten!«

»Wieder warten, neuerlich bangen!«

219 Tage vor dem Tag null – Tag des ersten Ultraschalls. Erneut starrtest du gebannt auf den Bildschirm. Deine Hände schwitzten, dein Herz hämmerte bis zum Anschlag. Die Anspannung steigerte sich. Dann erblicktest du es: Ein kleines Organ, das regelmäßig pochte.

»Mein Kind!«, riefst du innerlich aus, spürtest, wie sich die Liebe in deinem Körper ausbreitete.

Tag null – Tag der Niederkunft.
»Das Kind kommt! Der Kopf ist schon zu sehen!«, freute sich die Hebamme.

Verdattert schautest du deinen Mann an.

»Eine Geburt dauert beim ersten Kind durchschnittlich zwischen zehn und achtzehn Stunden!«, hatten sie dir im Vorbereitungskurs eingetrichtert.

Das Baby war geboren. Einen Monat zu früh, aber gesund. Du bewundertest dein kleines Mädchen.

»Wie soll sie denn heißen?«, fragte man dich.

»Das ist meine Néa!«, sagtest du voller Stolz.

»Das ist aber ein schöner Name. Hab ich noch nie gehört«, erkundigte sich die Hebamme.

»Néa ist ein griechischer Name und bedeutet die ›Neue‹, oder die ›Ersehnte‹!«, antwortetest du.

6570 Tage nach Tag null – »Mama, schau mich bitte an!« Du blickst auf. Deine Augen sind gerötet! »Mama, sei bitte nicht traurig! Du sehntest dich nach mir und ich kam in dein Leben. Du liebtest mich schon lange, bevor ich irgendetwas war!«

Du drückst mich an dich, sagst: »Ich weiß, mein Schatz! Ich habe dich lieb.«

»Ich dich auch. Ich komme wieder. Versprochen!«
Ich steige in die Bahn, winke dir zum Abschied. Du wünschst mir Glück für meinen Einsatz in Afrika. Der Zug rauscht ab und bringt einen zärtlichen Abstand zwischen uns.

Ina Rieder, 1980 in Kufstein geboren, arbeitet als Prozessmanagerin einer Bildungseinrichtung. Nachts, wenn die Dunkelheit den Tag verschluckt und die Kinder schlafen, nutzt die Tirolerin die Stille, um zu schreiben. Ihre Prosa- & Lyrik-Texte sind in verschiedenen Anthologien & Magazinen vertreten.

Ina Rieder schreibt derzeit an ihrem ersten Kurzgeschichten-Band »Erotische Geschichten für Zwischendurch«. Mit ihrer Kurzgeschichte *Nèa* hat sie den ersten Platz beim Schreibwettbewerb Zeilentango 2021 belegt.

Karola Lorber

Roter Lippenstift

Roter Lippenstift

Die Zerstörung schreit nach Lippenstift. Rot und billig und aufdringlich. Wenn sie sich zerstören will, ist das Hässlichste gerade gut genug, die Schuhe müssen schmerzen und das tun sie, ihre High Heels mit den metall-farbenen Stiletto-Absätzen und den schmalen Riemchen, auf denen sie die Zerstörung zelebriert und durch den Abend torkelt, laut und aufgedreht, tot und leer.

Die Strecke auf der Autobahn ist ihr so vertraut wie der schmale Weg, der durch das Seitengässchen zu ihrem Haus, ihrer Wohnung führt. Wie im Schlafe, wie in Trance immer und immer wieder gefahren und gegangen, gefahren und gegangen. Gegangen in ihr Haus, ihre Wohnung, ihre Höhle, ihre eigene Dunkelheit. Gefahren auf der Straße, vorbei an den hohen, von bräunlicher Krankheit befallenen Bäumen, hinaus in die Dunkelheit. Wenn ein Truck an ihr vorbeifährt und hupt, lacht sie bitter, ja, sie weiß, dieses Signal gilt ihr, sie wird erwartet, die Freude ist groß, zumindest auf einer Seite.

Der Parkplatz liegt ein wenig verdeckt am Waldrand, die Zufahrt ist schräg und Autofahrer, die sie nicht kennen, verpassen sie zuverlässig. Die Trucker jedoch verpassen sie nie. Niemals an ihrem Abend. Wenn sie ihre Zerstörung zelebriert, sind sie alle da, alle, die es irgendwie schaffen, ihre Route so zu planen, dass sie an diesem Abend an diesem Waldparkplatz halten können. Um sie zu zerstören.

Als sie mit ihrem alten Ford auf der Straße einfährt, wird sie mit Lichtsignalen und grölendem Gelächter begrüßt.

Eine Handvoll Männer im Kreis. Sie bauen sich vor ihr auf. Männer in schmierigen Hemden, mit schmierigen Haaren und einer Flasche Bier in der Hand, die andere Hand in den Schritt gelegt. Bereit sind sie, bereit, diese Männer. Und sie ist es auch.

Sie ist bereit, bereit für diesen Abend, ihren Abend, einen weiteren Abend auf diesem Autobahnparkplatz inmitten der Dunkelheit der Bäume, beleuchtet nur von einer mageren Laterne und den Scheinwerfern der schweren Trucks. Sie ist der armselige Star der Vorführung, ihre Bühne der graue Asphalt, ihr Publikum betrunken und verschwitzt. Sie schließt mit einer koketten Handbewegung die verbeulte Türe ihres Wagens und geht auf die kleine Gruppe Männer zu. Schmutzige Worte. Dreckige Handbewegungen. Ein Arm, der sie am Handgelenk packt. Sekunden. Ein schmerzhafter Schlag auf ihren Hintern, ein zerrissener, lacklederner Rock. Sekunden. Ein weiterer Schlag. Die goldene Regel: nie ins Gesicht.

Sie stellt sich an den vordersten Truck mit dem Gesicht zur Fahrerkabine, öffnet den seitlichen Reißverschluss ihres Rockes und lässt ihn langsam heruntergleiten. Männerstimmen, die johlen, pfeifen und lachen. Sie aufmuntern, ihr befehlen, auch das enge Top ausziehen. Eine Aufforderung, die kein Zurück kennt. Die Stimmen sind deutlich, fünf Männer hinter ihr. Sie greift mit einer Hand auf ihren Rücken, löst das Bändchen ihres Oberteils, streift es über den Kopf und wirft es neben sich auf den trockenen, staubigen Boden. Sie steht nackt mit dem Rücken zu den Wartenden, die es kaum noch erwarten können. Ein Moment, ein Bruchteil einer Sekunde. Stille. Das Klappern einer Gürtelschnalle, schwere Schritte, Stöhnen. Ihre Hüften festgehalten, umringt von Gier in heißer Luft. Ein weiterer Schlag, ihr Kopf grotesk an den Haaren in den Nacken gezogen.

Sie hebt ihren Rock und das Top auf und torkelt auf ihren hohen Absätzen zu ihrem Auto zurück. Kein Blick folgt ihr. Die Männer hinter ihr werden zu einer Ahnung. Sie hört das Motorengeräusch eines der Trucks. Im Auto der Geruch von Vanille und ein alter Blues aus dem Radio. In der Sicherheit ihrer dunklen Wohnung angekommen wäscht sie sich die Beschmutzung vom Körper und hüllt ihn in ein weiches Tuch. Leere Blicke aus dem Fenster auf die leere Straße unter ihrem Fenster. Barfuß auf dem rauen Teppich zum Kasten. Sie greift zu einer weißen Bluse, einem knielangen Rock, hautfarbenen Strümpfen und legt sie ordentlich auf den alten Holzsessel. Ein prüfender Blick in den Spiegel, ob am nächsten Morgen im Büro keine Spur der Zerstörung zu sehen sein wird. Sie stellt die Aktentasche in den Flur. Eine Sirene auf der Straße heult auf. Bevor sie in ihrem Bett in die letzten Stunden Schlaf dieser Nacht fällt.

KAROLA LORBER lebt mit ihren beiden Hunden, die sie aus dem Tierheim geholt hat, in Mödling. Sie hat Kulturwissenschaft studiert und liebt Pferde, das Reiten und Bücher.

Seit ihrer Jugend schreibt sie aus einem dringenden Bedürfnis heraus. Mit ihrer Kurzgeschichte Roter Lippenstift über Selbst- und Fremdbestimmung wagt sie sich erstmals in die Öffentlichkeit.

NADINE SOLAZZO

Das Lärchenfach

Das Lärchenfach

Mit jedem Schwimmzug löst sich der schwere Druck, den sie auf ihrem Brustkorb spürt. Die Unterwasserwelt des Schwimmbeckens wirkt zusätzlich lösend auf sie. Länge für Länge fühlt sie sich besser. Das Gedankenkarussell, welches sie blockiert, kommt zum Stehen. Sie nimmt endlich sanfte Ruhe in sich wahr. Sie gleitet gleichmäßig durchs Wasser. Zug für Zug. Einatmen, abtauchen, ausatmen. Rund um sie kühle, hellblaue Ruhe. Ihre Festung um ihr Herz bekommt Risse und die gestauten Emotionen finden Einlass. Vor ihrem inneren Auge tauchen Bilder der Vergangenheit auf. Sie sieht ihren Vater herzhaft lachen mit ihr, an einem dunklen Holztisch. Vor ihm ein erfrischendes Bier und eine Brotzeit. Wie liebte sie diese gemeinsamen Herbstmomente in Lana. Seit dem Tod ihrer Mutter, seiner Ehefrau, setzten sie gemeinsam Schritt für Schritt mit einer nicht enden wollenden Leere ihren Weg weiter. Das Wandern in und um Lana füllte sie beide mit Erinnerungen und einer tragenden Energie. Manchmal fühlten sie sich auf den Berggipfeln der verstorbenen Mutter und Frau verbindend nahe. Das offene Ohr und das große Herz ihres Vaters hatte sie durch so manche jugendliche Phase ins Erwachsensein begleitet. Vielbeschäftigt, erfolgreich und in der großen Welt herumkommend, wurden ihre traditionellen Herbstwanderauszeiten ins unbeschreiblich schöne Vigilius Mountain Resort verlegt. Mit großer Dankbarkeit und Stolz offerierte sie diese wertvollen Tage ihrem Vater. Unter einer Lärche erzählte der Vater ihr vom Geheimnis, welches er und sie pflegten. Ihr Vater und ihre Mutter hatten sich im Herbst vor vielen Jahren in Lana kennengelernt. Bei einer Lärche hatten sie sich das erste Mal leidenschaftlich geküsst. Als er um ihre Hand angehalten hatte, hatte er ihr das Ringkistchen in einem selbstgezimmerten Fach aus Lärchenholz übergeben. Dieses Fach aus Lärchenholz hatte sie treu durch ihre Ehejahre begleitet. Vater gestand, dass es Mutter gewesen war, die diese schöne Idee gehabt hatte, immer um den Jahreswechsel ein Wort mit einem Holzbrandmarker ins Fach zu schreiben, welches ihr gemeinsames Leben bereicherte. Anschließend hatten sie dieses Fach geölt und mit Champagner auf ein neues Jahr angestoßen. »Was für ein schöner Brauch«, denkt sie, als bereits ein neues Bild vor ihr auftaucht, während sie sich von der Bassin-Wand abstößt. Ihr stark abgemagerter Vater, der ihr mitteilt, dass man bei ihm Krebs im fortgeschrittenen Stadium diagnostiziert hat. Aus seinen müden Augen blitzt ein Funke starker Lebenswille auf. Eine Kraft, die für sie am Leben bleiben möchte. Innerlich in Aufruhr und äußerlich kontrolliert gefasst, besprechen sie den vorgeschlagenen Weg der Klinik. Im Kopf die Agenda umkrempelnd, macht sie jede Minute frei, um bei ihm sein zu können. Überrumpelt von der Schnelligkeit seines letzten Wegstückes, kam der Tod ihres Vaters für sie unerwartet, irgendwie überraschend. Am Tag zuvor, sie sieht dieses aufkommende Bild vor sich, übergab ihr Vater ihr schwer atmend dieses Lärchenfach. Seine faltige Hand zitterte und mit brüchiger Stimme sagte er langsam zu ihr: »Nimm dieses Fach an dich und setze die beflügelnde, verbindende Tradition mit deiner Liebe weiter.« Eine Träne rann ihm über sein Gesicht und sie hielt seine Hand und ließ zu, dass die Dämme in ihr brachen. Es war ein tiefer Moment, der trotz des Schmerzes einen allumfassenden Zauber an Herzenswärme innehielt. Sie fühlte sich dankbar für die Zeit, die sie gemeinsam gehabt hatten. Er verstarb in den frühen Morgenstunden. Sein letzter Blick war unbeschreiblich friedlich. Sie stößt sich von der Schwimmbeckenwand ab und realisiert erst jetzt, dass sie nicht mehr allein im Schwimmbad ist. Ein langer, kräftiger Körper stößt sich soeben links von ihr ab. Sie vermisst ihren Vater noch immer sehr. Langsam lassen ihre Kräfte nach. Noch eine letzte Länge! Am Bassin-Rand angekommen, zieht sie ihre Schwimmbrille ab und atmet langsam ein und aus. An der gegenüberliegenden Betonwand entdeckt sie einen hellen, vom Sonnenlicht erzeugten Pfeil. Es sind helle, liegende Dreiecke, die nach links zeigen. Wunderschön!

Sie schließt die Augen, dreht sich um und möchte sich, für eine Länge Rückenschwimmen, von der Wand abstoßen. Sie stößt heftig mit irgendetwas zusammen. Erschrocken versucht sie, sich zu orientieren. Ihrem Gegenüber scheint es gleich zu gehen. Er zieht seine Schwimmbrille ab und schaut ihr tief in die Augen. Sie möchte sich entschuldigen, sich erklären, es will kein Wort über ihre Lippen kommen. Sie erwidert seinen Blick und lächelt ihn an. Er lächelt zurück. Seine wunderschönen, klaren Augen lassen sie noch immer keine klaren Gedanken formulieren. Es fühlt sich so gut an! Er ist es, der die Stille bewegt und sie einfach fragt, ob sie Lust hat, heute Abend auf ihren gemeinsamen Zusammenprall anzustoßen, an der Hotelbar! Sie bejaht, noch immer schmunzelnd. In ihrem Kopf bildet sich die Frage: Wird wohl ihr erstes gemeinsames Wort im Lärchenfach ZUSAMMENPRALL sein?

Nadine Solazzo wurde in eine Großfamilie geboren und fühlte sich schon früh in der Welt der Bücher wohl. Als Primarlehrerin und Mutter von vier Kindern liebt sie das Geschichtenerzählen. Sie lebt mit ihrer Familie in einem kleinen Dorf in der Schweiz. Lange Spaziergänge durch den Wald und Wanderungen in den Bergen inspirieren sie immer wieder aufs Neue.

Ihre erste Kurzgeschichte wurde in der Buchreihe »Wünsch dich ins Wunder-Weihnachtsland« veröffentlicht. Beim Schreibwettbewerb Zeilentango 2021 hat Nadine Solazzo mit ihrer Kurzgeschichte *Das Lärchenfach* teilgenommen.

Nicole Kirst

Ordnung ist der halbe Tod

Ordnung ist der halbe Tod

Mit der Geburt fängt alles an. Sie sind alle Kämpfer gegen die Ordnung der Gesetze, gegen die Ordnung der Natur, die Ordnung dieser Welt. Und doch sind sie wie du und ich, mitten unter uns, neben uns, in uns. Sie sind wie alle und doch alle anders. In dieser Welt ist Ordnung Chaos und Chaos Ordnung. Sie sind alle Kämpfer – für und gegen die Ordnung, für und gegen das Chaos. Sie sind die Soldaten in ihrem Kampf um Leben und Tod. Sie sind in Gefahr, sie sind in Not. Sie sind leise, sie sind laut. Brauchen eine Stimme, brauchen ein Ohr. Ich gebe ihnen heute eine Stimme zum Schreien, schwarz auf weiß. Auf ihre eigene Weise schreiten sie voran in einem lautlosen Protest. Aus den Schatten dringen ihre Rufe, ihre Botschaften, ihr Leben – bereit, von helfenden Augen gehört zu werden.

Klara

Ein Gendefekt. Sie hätte es wissen müssen. Sie hätte es, verdammt nochmal, wissen müssen! Es hat doch so viel darauf hingedeutet, dass etwas nicht stimmt. Man hat es ihr doch gesagt, man hat sie gewarnt. Warum nur hat sie nie auf diese Stimmen gehört? Und doch hat sie immer noch die beschwichtigenden Worte ihres Mannes im Kopf: Mach dir nicht so viele Sorgen, es wird schon alles in Ordnung sein … Nichts ist in Ordnung, ausgerechnet in ihrem Leben kann scheinbar nichts einfach mal nur in Ordnung sein, immer muss es Komplikationen geben, Abweichungen …

... Nicht richtig sprechen, vielleicht nie laufen können ... Welch ein erbärmliches Leben, nur so ein halbes Leben, nichts Richtiges, nichts Ganzes. Welch eine Zumutung! Und sie ist die Verantwortliche. Sie ist die Zielscheibe des Mitleids wie auch der Kritik. Aber ... Was hätte sie denn tun können? Hätte sie abgetrieben – sie wollte es sich nicht einmal vorstellen – wäre sie eine Mörderin. Wäre das denn besser? Und das arme Geschöpf ... Diese blauen Augen, wie sie sie anblicken, so voller Leichtigkeit und Freiheit und doch voller Wehmut, als wollten sie ihr sagen: Sei nicht traurig, alles wird gut, alles wird irgendwann wieder gut. Ha! Niemand hat das Recht, ihr etwas vorzuwerfen. Die Natur hat nun einmal auch ihre Fehler und die gehören genauso zum Leben dazu. Man muss nur lernen, sie hinzunehmen.

Jakob

Tagein, tagaus. Immer wieder der gleiche Trott, die gleichen Abläufe nach der gleichen Ordnung. Wenn mal etwas Unvorhergesehenes passiert, dann ist es eine alltägliche Unvorhergesehenheit, nichts Besonderes. Ein Strafzettel hier, ein Strafzettel da. Eine Verwarnung dort, ein Hinweis, eine kleine Zurechtweisung. Und das tagein, tagaus ... Es ist nun mal sein Job, irgendjemand muss das ja machen, von allein erledigt es sich schließlich auch nicht. Niemand hat ihn jemals gefragt, ob es das ist, was er machen will, sein Leben lang. Sein Leben lang Ordnung schaffen, für die Gemeinde, für die Stadt. Dabei bräuchte sein eigenes Leben mal diese Ordnung, diese Gesetze, diesen Überblick. Denn dort läuft schon seit einiger Zeit gar nichts mehr rund. Nach und nach versinkt er in seinem eigenen, privaten Chaos. Dort fehlt ihm dieser klare Blick und dieser Trott. Aber braucht er es da wirklich, diese Gesetze, Regeln, Strafzettel und Verwarnungen? Nein, diese Freiheit kann er sich nicht nehmen lassen, denn da, wenigstens da, kann er sein, wer er ist, kann er leben.

Helen

6.00 Uhr. Aufstehen. Zack. Jeden Morgen aufs Neue: der vertraute Klang des Weckers und die letzten Fetzen des nächtlichen Traums, die binnen einer Sekunde im Nichts verblassen. Aufstehen! Jetzt! Sofort! Sie fährt hoch, müde, blass, erschöpft vom Vortag. Das Leben ist hart, niemand hat jemals gesagt, es würde leicht werden. Es ist anstrengend, es ist fordernd. Kaffee, schnell. Umziehen, fertigmachen. An die Arbeit. Die Routine ist ihr Anker, ihre letzte Hoffnung; sie gibt ihrem Tag ein Gerüst, ohne welches sie sicher bereits in einen tiefen Abgrund gestürzt wäre. Schlüssel-Check. Ohne diesen verlässt sie das Haus nicht. Ihre Aktentasche wie gewohnt unter den rechten Arm geklemmt, steigt sie ins Auto. Dreht das Radio auf. Jeden Tag das gleiche Geschnatter und Geplärr. Nie etwas Ordentliches. Sie macht das Radio wieder aus und atmet laut. Wenn schon der Morgen so schwer ist ... Sie weiß, sie hat Schlafmangel, Kopfschmerzen und dringend eine Pause nötig. Sie weiß, sie muss arbeiten. Pausen zählen in dieser Welt nicht, was zählt, ist Leistung, Erfolg, Perfektion.

Mit der Geburt fängt alles an. Dann kommt das halbe Leben. Und mit dem Tod nimmt auch die Hälfte zweiter Ordnung ein Ende.

Wir versuchen, mit Worten Ordnung zu schaffen. Das Chaos zu bändigen, in einer Welt, die aus Chaos besteht, die vom Chaos lebt. Wir versuchen, unsere Gedanken zu sortieren, sie aneinanderzureihen wie die Perlen einer Kette. Doch diese Kette ist längst zerbrochen; die Perlen liegen zerstreut auf dem Boden. Wer wird kommen, um sie aufzusammeln? Können wir noch klar denken, wenn wir nicht in der Lage sind, Chaos von Ordnung zu unterscheiden? Müssen wir uns erst zerstreuen, um uns zu finden? Vermutlich. Denn die Ordnung dieser Welt ist das Chaos.

Nicole Kirst ist 21 Jahre alt und lebt in Bad Neustadt an der Saale, einem gemütlichen Städtchen nahe der Rhön in Deutschland. Wenn sie nicht gerade mit ihrem Psychologie Studium beschäftigt ist oder Nachhilfe gibt, lernt sie sehr gerne Fremdsprachen, musiziert oder schreibt Texte.

Ihre Inspiration nimmt sie hauptsächlich aus alltäglichen Erfahrungen, Gedanken, die kommen und gehen, Ereignissen, Begegnungen, Sorgen und Wünschen. Wenn ihr der Sinn danach steht, verlässt sie die Welt ihrer Muttersprache und schreibt auf Französisch oder Spanisch, so sind zum Beispiel bereits einige französische Songtexte entstanden. Beim Schreibwettbewerb Zeilentango 2021 hat Nicole Kirst mit ihrer Kurzgeschichte *Ordnung ist der halbe Tod* teilgenommen.

Sabine Syrch-Müller

Geh nicht

Geh nicht

Es ist diese Art von Augenblick, an die man sich ein Leben lang erinnert. Dieser Moment brannte sich tief in mein Gedächtnis und übermannte mich mit einer Facette an Emotionen, wenn ich heute noch daran denke.

Ich war gerade im Keller damit beschäftigt, die nasse Wäsche aufzuhängen, als ich einen kühlen Luftzug spürte. Zuerst nahm ich es nur unmerklich wahr, doch dann fühlte es sich an, als würde mir jemand in den Nacken atmen. Ganz sacht, nicht aufdringlich, eher liebkosend. Ich verspannte mich, Gänsehaut überzog meinen Körper und ließ mich erzittern. Die Nackenhaare kitzelten mich bei jedem Hauch einer gefühlten Berührung. Langsam drehte ich mich um und warf einen Blick auf das Kellerfenster, es war fest verschlossen. Es dämmerte bereits. Der fließende Übergang vom Tag zur Nacht, wenn die Sonne glühend rot am Horizont verschwand, ins Orange und Gelb verschwamm, ein zartes Grün andeutete und dann noch den blauen Himmel in die Nacht mit sich zog, fesselte mich jedes Mal. Eine kaum wahrnehmbare Brise streifte meine Wange und ließ mich erschaudern. Ich schloss meine Augen und wartete geduldig auf die nächste Berührung. Wie der Schlag von Schmetterlingsflügeln fühlte es sich an, als ein leichter Wind meine Lippen streifte. Ich fühlte eine Vertrautheit, wie sie nur unter Liebenden sein konnte.

Wie ein Vakuum hüllte sich der Luftstrom um mich, fern von jeglichem Raum und Zeitgefühl gab ich mich hin.

Das schrille Klingeln der Türglocke riss mich zurück in die Wirklichkeit. Plötzlich durchströmte mich Panik, eine Hitze erfasste mich und erfüllte meinen ganzen Körper. Aus der Tiefe meines Brustkorbes breitete sich dieses Gefühl aus, mein Herz schlug so laut, dass es meine Gedanken übertönte, meine Finger kribbelten und ich hatte Mühe, kontrolliert zu atmen. Zuerst langsam und dann fluchtartig rannte ich die Treppe hoch. Ich hatte das Gefühl, etwas würde mich begleiten, mehr noch, ich empfand es wie eine Verfolgung, es zerrte an mir und ich fühlte pure Angst. Ich hetzte zur Tür, riss sie auf und blickte in die ernsten Gesichter von zwei Polizisten.

Wie unsichtbare Nebel breiteten sich Angst und Trauer aus. Die Männer traten auf mich zu und versuchten, mir mit ruhiger, mitfühlender Stimme das zu sagen, was mir in jenem Moment bereits bewusst war.

»Er ist tot«, sagte ich tonlos und senkte den Blick zu Boden. »Ja«, sagte einer der Männer und trat einen weiteren Schritt auf mich zu. »Es war ein Unfall, sein Wagen ist aus bisher noch ungeklärter Ursache von der Fahrbahn abgekommen und in den Gegenverkehr geschlittert«, sagte nun der andere, bemüht, teilnahmsvoll zu klingen.

Ich nickte stumm, schloss die Tür und lehnte mich von innen dagegen. Langsam glitt ich daran hinab und kauerte mich schließlich auf den Boden. Vor meinem Auge verdichtete sich die Luft, schemenhaft zeichnete sich eine Gestalt ab, die nach mir zu greifen schien.

»Ich liebe dich«, sagte ich kraftlos, während mir die Tränen über die Wangen liefen, dann hüllte mich völlige Dunkelheit ein.

Sabine Syrch-Müller, geboren 1982 in Wien, aufgewachsen in Niederösterreich, studierte Umwelt- und Sicherheitsmanagement. Am zweiten Bildungsweg entdeckte sie die Liebe zur Schriftstellerei. Mehrere ihrer Kurzgeschichten wurden bereits in Fachzeitschriften und Anthologien veröffentlicht. Ihr erster Roman »Mini-Me auf Kreuzfahrt: Hamburger, Einhörner und Caipirinha.« erscheint im November 2021. Derzeit arbeitet sie an einer Fortsetzung von »Mini-Me auf Kreuzfahrt«.

Beim Schreibwettbewerb Zeilentango 2021 hat Sabine Syrch-Müller mit ihrer Kurzgeschichte *Geh nicht* teilgenommen.

Sarah Langer

Abschied

Abschied

Der Geruch nach Erbrochenem klebt im Auto. Das kleinere der beiden Mädchen musste sich übergeben. Doch sie nimmt es gar nicht wirklich wahr. Nichts erscheint auf einmal so schlimm als das, was sie am Ende der Autofahrt antreffen wird. Alles ist lösbar. Nur nicht das, was sie dort erwartet. Ein Anruf, dann steht die Welt still. So einfach geht das. Endlich kommen sie an, sie eilt voran, sie weiß, dass sich ihr Mann um die Kinder kümmern wird und sie jetzt frei von Verpflichtung ist. Jetzt dreht sich ein letztes Mal alles um eine einzige Person. Während sie die Treppe hinaufsteigt, schlägt ihr der vertraute Geruch entgegen. Ein bisschen nach feuchten, alten Mauern und ganz viel Kindheit. Ganz viel Oma. Sie will stark sein, doch sobald sie das Schlafzimmer betritt, bröckelt schon die Mauer. Über dem Bett hängt ein Baldachin aus weißem Leintuch, Kerzen brennen, es riecht nach Lavendel. Sie küsst die geliebte Oma, streichelt sie, sagt: »Ich bin jetzt da, Omile.« Die Oma lächelt sie an, erkennt sie noch deutlich. Sie setzt sich neben sie und kann nicht glauben, dass das die letzten Stunden mit ihr sind. »Hoffentlich hat sie ein schönes Leben gehabt«, denkt sie. Ein langes auf jeden Fall. Fast 91. Und das, obwohl sie wirklich nicht so gesund gelebt hat, die Omi. Kaum Bewegung, ständiges Passiv-Rauchen und Übergewicht. Und der Kräuterlikör hat ihr auch sehr gut geschmeckt. »Drauf gepfiffen«, denkt sie. »Die Omi ist der beste Beweis, dass es darauf nicht ankommt.« Ihr war das Gewicht der Omi immer egal gewesen. Nicht egal war ihr aber das Gefühl, wenn die Omi sie an die große weiche Brust und den kuscheligen Bauch gedrückt hatte. Da war dann nur mehr ein Gefühl von Geborgenheit.

Und dann bricht der Damm, die Tränen laufen über die Wangen, lassen sich nicht mehr stoppen. Eine Freundin der Familie kommt ins Zimmer, sie ist Altenpflegerin und hilft der Oma in den letzten Stunden. Es ist beruhigend, zu wissen, dass jemand anwesend ist, der eine Ahnung vom Sterben hat. Die Freundin wischt der Oma den Speichel weg, versucht, Schleim aus dem Mund zu bekommen. Die röchelnde Atmung hat schon eingesetzt. Sie küsst die Oma noch einmal und macht eine Pause in der Küche, begrüßt dort ihre Schwester. Ihr Blick gleitet zum Oma-Sessel. Dort ist die Oma gesessen, die letzten 10 Jahre. Keiner wagt es, sich in diesen alten Lederstuhl zu setzten. Stundenlang saß sie jeden Tag darin, jetzt ist er leer und sie liegt drüben im Sterben. Später wird er einen Platz in der Wiener Wohnung bekommen, aber das weiß zu dem Zeitpunkt noch keiner. Die Mädchen sind brav und spielen sich. Es ist, als würden sie instinktiv spüren, dass die Mama jetzt Zeit mit der Oma braucht. Sie haben ihnen erklärt, dass die Urli-Oma gehen muss. Sie macht Platz für ihre Urenkerl. Später dürfen sie auch die Oma sehen und streicheln sie. Nach ein paar Minuten gehen sie wieder und spielen am Gang fangen. Die sterbende Oma stellt keinen Widerspruch zu den lachenden Kindern dar. Es wirkt sehr friedlich. So beschreibt es später ihr Onkel in seinem Nachruf beim Begräbnis. Er ist gekommen, auch er will sich verabschieden. Was für ein Geschenk so ein Abschied ist. Letzte liebevolle Worte. Ein aufrichtiges »Danke«.

Ihr Mann bringt die Kinder ins Bett. Die Freundin weicht nicht mehr von Oma. Sie und ihre Schwester sitzen neben dem Bett, das Kerzenlicht flackert an den Wänden. Der Blick der Oma ist seit Mittag starr zur Decke gerichtet, sie war die Letzte, die die Oma noch angelächelt hat. Sie nimmt die Hand der Oma in ihre. Selbst jetzt noch sind ihre Nägel lang, wie ihr ganzes Leben. Als Kind hat sie sie immer gebeten, ihr mit diesen langen Nägeln den Rücken runterzukratzen. Sie hatte jedes Mal eine Gänsehaut vor lauter Genuss. »Mehr als nur Hände waren das«, denkt sie. Zauberhände. Wärme, Liebe, Trost spendend. Die Tränen fließen. Sie führt die Hand an ihre nassen Wangen, würde sie am liebsten nie loslassen. Gegen Mitternacht wird sie müde, die Schwestern beschließen, sich ein wenig hinzulegen.

Sie ist mitten im Traum, als die Freundin sie kurz nach drei Uhr sanft weckt. Ein Blick, damit ist alles gesagt. Sie steht auf, wie in Trance, sie weiß, sie wird gleich die tote Oma sehen. Im Zimmer sitzt schon ihre Schwester und schluchzt. Sie murmelt: »Wein nicht, Schwesterherz, sie hat es geschafft!« Und schon beginnt sie, selbst zu schluchzen. Sie umarmt ihre Schwester, umarmt die Freundin und setzt sich dann neben die Oma. Die ist jetzt ganz still, friedlich. Es wirkt, als würde sie schlafen. Und obwohl sie weiß, dass die Oma vor ein paar Minuten gestorben ist, sucht ihr Instinkt den Körper nach Atembewegungen ab. Aber da sind keine mehr. Sie legen die Decke über die Oma, die die Kinder zu ihrem 90sten Geburtstag mit ihren Handabdrücken bemalt haben und schieben ihr den dazugehörigen Kopfpolster unter. Wochen danach wird sie mit dem Polster im Arm im Bett sitzen, weinen und den Geruch der Oma einsaugen. Die Freundin legt Blütenblätter auf die tote Oma. So ein schöner Anblick. Ein würdevoller Abschied.

SARAH LANGER kommt ursprünglich aus Oberösterreich. Nach einem kurzen Stopp im Burgenland wohnt sie nun seit einigen Jahren mit ihrem Gatten, zwei wunderbaren Töchtern und ihrem treuen Vierbeiner in Wien. Sie arbeitet in einem Tageszentrum für Senioren als Kreativ-Animateurin.

Sarah Langer schreibt schon ihr ganzes Leben. Seit sie ein junges Mädchen war, schreibt sie Liebesgeschichten für sich selbst. Ihr größtes Ziel ist es, eines Tages selbst ein Buch herauszugeben. Bis jetzt hat es sich noch nicht ergeben. Aber das Autorendasein kennt kein Ablaufdatum und der richtige Zeitpunkt wird kommen. Beim Schreibwettbewerb Zeilentango 2021 hat Sarah Langer mit ihrer Kurzgeschichte *Abschied* teilgenommen.

Sigrid Pleschberger

Der (P)Flegl

Der (P)Flegl

Alltag einer Pflegehelferin in Zeiten von Corona

»Müssen wir dich noch testen?«, fragt mich meine Stationsschwester – in der Zwischenzeit eine gängige Frage hier im Heim. Dieser Satz – er würde mir nicht fehlen, wenn ich ihn nicht mehr hören würde. »Ich fürchte schon«, ist meine Antwort. (Ist ja schon wie Rindssuppe kochen, so gewohnt, wie man das wird.) Hier im schönen Ausseerland arbeite ich jetzt seit zwölf Jahren und es gefällt mir immer noch. Als absolute Quereinsteigerin in die Pflege, finde ich meinen Beruf immer noch schön und absolut erlebenswert, auch in Zeiten wie diesen. Sicher – die im Krankenhaus haben jetzt mehr Stress als ich. Aber ins Krankenhaus hätt ich eh nicht wechseln wollen, schon mal deswegen nicht, weil ich hier meinen Hund mitnehmen darf (was absolut nichts Selbstverständliches ist), das weiß ich jeden Tag zu schätzen. Ich steh im kleinen Speisesaal am Stützpunkt und beobachte, wie Herr Berger seinen Socken im Saft des Herrn Reith versenkt. Frau Grundner macht mich darauf aufmerksam – ich schmunzle – tausche den Saft aus. »Obwohl«, sagt Frau Grundner, »jetzt hätt der Saft a gewisse Würze.« Und lacht. Mir sind in diesen zwölf Jahren auch die Kollegen ans Herz gewachsen. Man kennt sich halt. Die privaten Sorgen und die gesundheitlichen nimmt man ja teilweise in die Arbeit mit. Ist halt so. Hier steh ich also – mit meinen neuen, auf Amazon gekauften Pflegepatscherln, und lass mir sanft ein Teststaberl in der Nase drehn. »Fertig«, sagt meine Diplomschwester – Schwester Daniela wertet das Ganze aus. Gottlob, ohnehin läutet Zimmer Nr. 22 schon eine ganze Weile. Der muss sicher aufs Klo, wie immer um diese Zeit. Gesagt – getan – Erleichterung im Gesicht des Herrn K. »Danke«, sagt er – und genau das ist mein Lohn – der wirkliche Lohn, dieses einfache »Danke«. »Gern«, sag ich und geh wieder. Herr K. möchte noch a bissl auf seinem Keyboard klimpern. Das kann er teilweise noch recht gut. Man merkt ihm zwar natürlich an, dass er nicht mehr so spielt wie der junge Ray Charles, aber des macht ja nix. Hauptsache, er tut das, was er tut, noch gern. Und für die Fingermotorik ist des ideal.

Es ist 11.00, somit Zeit für die Dienstübergabe. Passt perfekt. Der Kollege für den Nachmittag trudelt auch grad ein, somit sind wir vollzählig und jetzt heißts, Neuigkeiten über die Bewohner austauschen, damit wieder Klarheit herrscht. Manchmal werden auch diverse Beschwerden der Angehörigen besprochen, was leider auch dazugehört. Man darf halt nicht weniger werden, auch im Alter nicht. (Sarkasmus inklusive.) Ja, man braucht einen breiten Rücken, hier im Land der Pflege. Zumindest möchte ich mit PDL, HL und DGKP nicht tauschen müssen, die das immer über die direkte Schiene von den Angehörigen abbekommen. Vieles muss man dann diplomatisch versuchen, zu besprechen, und das ist sicher nicht leicht. So, denk ich mir – noch bis abends und dann hab ich Wochenende. Und dann geht's auf einen Berg – Ziel unbekannt. Ist auch wurscht, Hauptsache raus. Ohne Maske, endlich frische Luft, Hund und ich und Schwester und Schwager – das ist der Plan. »Du bist Negativ«, schreit mir die Schwester Danika schon entgegen. »Wird a guad sei, i hob ka Zeit für Spum panadln«, lach ich ihr entgegen. Tür zu – Dienstübergabe! Und dann Tisch decken, das Mittagessen trudelt ein. Das Mittagessen – Austeilchaos – mögen die Spiele beginnen. »Host du genug, Frau Reimer«, fragt Anna. (Frau Reimer schläft mittlerweile vor ihrer Spargelcremesuppe, verschränkte Arme und gesunkener Kopf verraten zumindest teilweises Desinteresse.) »I moa scho, sist tats nid schlofn«, dröhnt es lächelnd aus der Teeküche. Kollegin Mona hat sich wohlweislich und taktisch klug dort kurz verschanzt, um die Komik des Ganzen zu beobachten.

So schnell, wie das Mittagessen verteilt wurde, ist der Spaß dann aber auch schon wieder vorbei. Der Mittagsschlaf steht an. Inzwischen drückt die Maske maßgeblich die Luft ab und die Müdigkeit breitet sich im Körper aus. Was solls – kurz raus auf die Terrasse – Maske runter und a bissal durchschnaufen. Dann geh ich wieder rein. Ich komm gerade rechtzeitig, um einen »Geistesblitz« meines Kollegen Gernot zu belauschen: »I hob letztens gelesen«, spricht er, »dass Männer logischer denken können als Frauen.« Ich lache laut – denn generell schon gefährlich, das laut auszusprechen, wenn man von Frauen umzingelt ist, grenzt es schon an leidenschaftliche Todessehnsucht, wenn man sowas laut ruft, während Kollegin Gaisbichler daneben noch die Suppenkelle in der Hand hält. »Wos«, fährt es ihr aus, die Kelle jetzt bedrohlich als Waffe erhoben. Gernot, oder wie ich immer sag »Globuli« (weiß und rund), duckt sich und grinst wie ein Lausbub. »Jojo, lauf nedda«, ruft ihm Gaisbichler hinterher. Gernot rettet sich in die Arbeit. Dieser Tag verläuft bis abends recht ruhig und unkompliziert und solche Tage bräuchten wir sowieso öfters, sie sind derzeit selten. Die Anforderungen sind sehr hoch momentan und hier hilft nur humorisches Geflaxe unter den Kollegen. Ich habe jetzt Dienstschluss, es ist 19.30. Mein Hund und ich trotten Richtung Personalausgang. »Bis Dienstag«, ruf ich laut! »Tschau«, ruft mir Rosi nach – die Nachtfee. Ich freu mich auf den nächsten Dienst, da wird's morgens wieder heißen ... »Müssen wir dich noch testen?«

Sigrid Pleschberger, alle sagen schlicht Sigi, ist 41 Jahre jung. Als Mensch, der nie wirklich wusste, wo er hingehört oder was er so richtig wollte, hat sie in ihrer Arbeit als Pflegeassistentin wohl so eine Art Hafen gefunden. Doch der Weg dahin war ein auf und ab an Selbstfindung und emotionalen Hochs und Tiefs, wie sie wohl viele erleben. Und der Weg ist noch nicht vorbei. Wer weiß schon, was morgen kommt. Das eine ist ihr aber immer geblieben und hat ihr immer geholfen – ihr Humor.

Beim Schreibwettbewerb Zeilentango 2021 hat Sigrid Pleschberger mit ihrer Kurzgeschichte *Der (P)Flegl* teilgenommen.

Nachwort

Autorenhilfe gibt jungen Autorinnen und Autoren eine Bühne für ihre Geschichten. Insgesamt sind 246 Beiträge aus Österreich, Deutschland und der Schweiz bei uns eingegangen. Die zwölf herausragendsten Geschichten haben es ins Finale geschafft und sind in diesem Jahrbuch verewigt.

Die Gewinner*innen des diesjährigen Bewerbs
Platz 1: Ina Rieder *(Néa)*
Platz 2: Charlotte S. Garraway *(Russisch Roulette)*
Platz 3: Claudia Dvoracek-Iby *(Die Suche)*
Publikumsliebling: Birgit Mayer *(Der Puppenspieler)*

Wir bedanken uns bei allen Teilnehmer*innen
und Mitwirkenden!

Viel Freude beim Lesen
der ausgezeichneten Geschichten
des Zeilentango 2021 wünscht

Sandra Kachlyr
Geschäftsführerin der Autorenhilfe

Finale 27.08.2021 im Raum für Themen der APA – Austria Presse Agentur. Im Bild v. l. n. r.: Sandra Kachlyr, Karola Lorber, Nadine Solazzo, Sabine Syrch-Müller, Charlotte S. Garraway (Platz 2), Sigrid Pleschberger, Ina Rieder (Platz 1), Herbert Glaser, Claudia Dvoracek-Iby (Platz 3), Andrea Nussbaum, Nicole Kirst, Sarah Langer, Birgit Mayer, Karin Lintner-Litschauer

zeilentango
Schreibwettbewerb Zeilentango 2021
Veranstalter: Autorenhilfe e. U.
Argentinierstraße 71/10
1040 Wien, Österreich
E-Mail: zeilentango@autorenhilfe.com
Jahrbuch 2021

Grafische Gestaltung: Judith Heimhilcher
Korrektorat: Rebekka Haindl
Fotos: APA Presseagentur, Ludwig Schedl
Coverbild: Shutterstock Inc.
Druck & Bindung: Prime Rate Kft.
Printed in Hungary

EAN: 9783904032100
ISBN: 978-3-904032-10-0

QR-Code scannen
und Zeilentango-Website
besuchen.